마음이
다닌
길

마음이 다니는 길

김춘자 지음

바른북스

돌아보면 글과 그림으로 향하는 긴 오솔길이 있었습니다.
초등학교 4학년 때 특별활동을 통해 붓글씨를 처음 배웠고, 중고등학생 때 시와 그림을 접하며 시인과 화가를 동경했습니다.
십 대부터 시와 그림으로 나를 표현하고 싶었지만 문전에서 서성였을 뿐이었습니다.
서투르지만 혼자 시를 지으며 오랜 시간 오솔길을 이어 왔습니다.

아이들 공부가 마무리되었다는 생각이 들자 달음박질해 간 곳이 성균관대학교 유학대학원의 서예미학과였습니다.
그곳에서 글과 그림을 향한 저의 오솔길은 큰 강물을 만나게 되었습니다.
꿈꾸던 분야를 체계적으로 공부하는 즐거움과 성취감은 큰 행복이었습니다.

문인화를 가르쳐주신 이경자 박사님, 한글서예의 정수를 가르쳐주신 정복동 박사님께 깊은 감사를 드립니다.

지난 세월 묵혀 두었던 시와 그림을 엮어 책으로 만들려 하니 부족한 것이 많습니다.
대학원에서 공부를 할 때부터 시집을 내는 지금까지 변함없이 많은 도움을 준 학우 평우, 시집의 제목을 정해 주고, 내용을 꼼꼼히 살펴준 이윤희 씨, 바쁜 와중에도 엄마의 손발이 되어 시집 출간을 도와준 가족들에게 무한한 고마움과 사랑을 느꼈습니다.

그리고 무엇보다 졸고의 출간을 허락해 주시고 많은 도움을 주신 바른북스 대표님과 편집자 김수현 님 고맙습니다.

오늘도 이어지는 인생의 오솔길에서 세상은 혼자 살아가는 것이 아님을 다시 깨닫습니다.

참솔 김춘자

차례

싱그러움-생명

그대를 만난다
[회자정리거자필반] 會者定離去者必返

부모 父母

해와 달
비바람

인생人生, 시간時間

내가 세상에 온 이유

김춘자

2022.1.25

달밤에 도산서원의
매화를 만나다

陶山月夜詠梅 _{도산월야영매}
도산서원에서 달밤에 핀 매화를 읊다

獨倚山窓夜色寒 _{독의산창야색한}

  홀로 기댄 서원의 창가에 밤기운이 소슬한데

梅梢月上正團團 _{매초월상정단단}

  매화나무 가지 끝에 둥근 달이 떠올랐네

不須更喚微風至 _{불수갱환미풍지}

  다시 부르지 않아도 가녀린 바람이 불어와 닿으니

自有淸香滿院間 _{자유청향만원간}

  스스로 지닌 맑은 향기가 온 서원에 가득 차는구나

마음의 흔적
─퇴계 이황 도산월야영매 陶山月夜詠梅를 읽고

제각각

자리가 있는데

퇴계 선생님의 시와 언어는

자연의 이치와 다르지 않아

매화 향기 마음에 배고

글의 향기는 스승이 되었습니다

글의 매화와

도산의 매화가 다르지 않아

도산에도 매화가 자라고

글 속에도 향기가 자랍니다

매화 1

우리끼리 산다
추위에 부대끼며 하늘에 기도해
추위에 흔들리면 땅에 기도해
꽃망울에 눈보라 치면 우리는 더 의젓해
하늘과 땅 그리고 우리

매화 2

봄 피어나는 길목

바람 속에 찾아왔구나

거센 바람도

실바람도 개의치 않고

언덕 넘어

산길 헤치고 찾아왔구나

작고 새하얀 맨 얼굴들에 꽃눈이 시려

바람 사이에 두고 서성이고 있네

길동무이기엔 미안한 사이

바라보고

또 보고

우리에게도 시린 삶이 담겨있어

그리하여 너는 가슴 꽃으로 살아가네

백매 白梅

2월에 하얗게 피는 매화가 보고 싶었다
봉오리가 옹기종기 꽃잎 열리는
매화를 들여놨다
이튿날이 되니 서너 송이가 벌어졌다

그런데
후딱후딱 막 피어났다
집안이 더우니 며칠 만에 만개가 되고 향기도 넘쳤다
그러더니
매화는 싱싱함이 멀어지고
가지 하나 쑤욱 고개를 내밀더니 한 가지만 자라고 있었다
내가 물을 일주일에 두 번 주는 거 외에는 할 일이 없었다

사지 않았다면 죽이지는 않을 텐데
내가 매화를 아끼는 건 욕심이었다

쭈뼛한 가지마저 잎이 말라가고
다른 가지들은 물기 없이 죽어가고 있었다

보기가 딱해 들고나와
텃밭에 화분째로 두어버렸다
저린 마음 누르며 오가면서 슬쩍슬쩍 보고 있는데
한 달이 지나고 두 달이 지나고
나무와 가지 사이에서 작은 잎들의 눈이 나를 불렀다

햇살이 가지에 머무르고
사방 공기는 매화에 안기고
네가 매화냐고 부르면
새싹 하나 내밀었을 보이지 않게 바빴을 시간들
비 오는 날 그런 날도 좋다고 뿌리내리며
빗소리 장단에 키를 더하고

사랑은 사랑이 아니고
매화 가지가 튼튼하게 잎을 키우고 자람을 보고 익히며
모름의 미학으로 다가선다

내가 찾아든 내안의 봄날
첫술기부터 자 아껴씨이면 알월수있오

18

간절함

비바람 눈 속에서 매화가 피었네
나를
그 앞에 하나하나 펼쳐본다
매화는 추워도 향기를 팔지 않는다고 했지

매화 곁을 돌고 돌아
다시
나를 펼치고
하늘을 보며
내가
세상에 온 이유는 나의 출발점인가

꽃처럼

며칠 만에
집에 왔다
백합이 아직 피어 있다

난
언제 백합이었지?
부드러움의 끌림에
향기를 담고
만질 수 없이
느끼고
깨달아지는
짧은 여울 속의 긴 터널

혼자서 당당하게
아무렇게나
고개 들어도

백합만이 가지는 여유

난
언제인지
나인지도 모르고 살아온 시간

백합을 좋아했지
하양에 여러 분홍을 곁들여 아름다움을 넘어서 피어나는 꽃
나의 못다 함을 꽃으로 마음을 열고 살았지

누구나 꽃이고 싶다
누구나 아름다움을 그린다

진달래

나 어릴 적
앞산 진달래 가득 필 적마다
눈시울 젖은 할머니

봄마다 진달래 피는데
사람은 한번 가면
다시 못 온다고 눈시울 젖은 할머니

봄이면 담장 너머 앞산 바라보는
비녀 찌른 뒷모습의 할머니

진달래 만발한 햇살이 고운 날
길 떠난 할머니
해마다
봄마다
앞산 진달래는 가득한데

꽃잎 속에 머문 할머니

사람은 가고
진달래는 만발하고
올해도 진달래 가득한 앞산에
할머니는 진달래로
나는 할머니 불러보겠네

목련

피기 전 목련은 여운을 함께한다
서성이게 하고
바라보게 하고
마음을 마주 보는 넓은 공간이 되어준다
닮고 싶어서
뒤돌아보게 해준다

다시 돌아보며
나를 토닥여 주고
꽃봉오리 담아 서성이게 한다
목련이 피려 한다

빈 강

한강에 갔다

국화 아름드리 피는데
내 마음 얹어 놓고
국화 향 안고 있는데

하늘도 빈 하늘이었다

싱그러움

-생명

싱그러움

나뭇잎은 자리 찾아 싹을 틔우고
살랑살랑 바람이 일고

보이지 않는 곳에서 새는 지저귀고
주인 없는 신록이 깊어지면

멀리 하늘이 내린 깊은 뜻을 조금씩 알아가네

아가의 웃음

아가의 웃음은 맑게 구르는 물소리이다
담을 수도 만질 수도 없다

방금 느꼈는데 어느새 없어진다
아가의 웃음은 햇살이다

아가의 웃음은 이유도 없다
아가의 웃음은 조건도 없다

붙잡을 수 없는 웃음은 그리움으로 영혼 속에 자리 잡는다

수빈이가 준 기쁨

수빈이가 이 세상에 태어난 건 신비였어요
멀리서 온 수빈이를 마중하면서
우리 가족들에게는 조심스러움과 조심스러움
감동, 감격, 그리고 환희가 가득했어요

수빈이 이름이 지어지기까지
가족들은 고민하고
뭉치고 뭉치고
다시 불러보기를 수없이 했지요
조趙
수秀
빈彬
그것이 얼마나 값진 이름인지요
이 이름 아래 가족들이 하나가 되었어요

잠시 잠깐 웃어주는 배냇 웃음

입을 오물거리며 있는 힘을 다해 젖을 빨고
자고 일어나면 자라고 또 자랐어요

혼자 스스로 뒤집고
혼자 스스로 엎드리고
기고
앉고
서고
걷고
수빈이의 수없는 연습과 연습에
가족들의 응원과 박수는
수빈이와 함께한 귀한 시간이 되었습니다

이제 가족을 알아보고
아랫니가 돋더니
윗니가 나오고
장난도 치고
웃으며 손 흔들며 마중하는 수빈이의 성장에 박수를 보냅니다

2014년 수빈이 첫 돌을 맞이하여 외할머니 김 춘자

마음이 가는 길   31

스스로 혼자

엄마 아빠 몸을 빌려 별나라에서 세상에 온 채연아
너가 태어나는 시간은
2014년 9월 5일 오전 12시 29분이었다
아빠는 첫 만남을 가지려고 달리고 또 달려
너의 탯줄을 자를 수 있었다
채연이가 태어난 일 년은
신나는 학습장의 경이로운 놀이터였다

목을 가누고
방긋 웃고
옹알이를 하더니 엄마를 부른다
스스로 뒤집고
기어 다니고 넘어지고 또 넘어지다 일어서는 반복 속에
이제는 짝짜꿍하며 걸어 다닌다
채연이가 스스로 자라는 과정에
가족의 정성과 응원은 가족의 또 다른 성숙이었다

자고 일어나면 또 자라는 채연아

걸음 한 발

웃음 한 조각

손 흔드는 토실한 팔뚝

고이 잠든 모습들이 모이고 쌓여

가족 사랑의 바구니는 나날이 채워지고 있구나

밝고 건강하여 세상의 운동장에서 맘껏 놀아라

2015년 9월 5일 채연이 돌날 외할머니 김 춘자

축하해

축하가 다가온다

꽃잎이 열리는 비밀은 모르지만 밤새 피어날 때
아침이슬이 고운 잎에 매달려 햇살에 빛날 때
축하해

겨울 이겨낸 꽃봉오리 만나 눈빛 마주칠 때
축하해

죽어가는 나무가 새싹을 돋을 때
축하해

먼 별나라에서 귀여운 별이
우리집 아기로 태어날 때
축하해

아기가 자라
유치원 갈 때
축하해

축하의 머묾이 꽃이고
향기이고
깨달음의 축복으로 머물기를 바라며

하늘을 본다
맑은 하늘에 감사를 전한다

집의 비밀

많은 세월이 흘렀다

서로 철들지 못하고
마음 맞추지 못하고
아이들이 태어나고
아이들이 자라고

우리가 약속했던 이야기 속에는
약속하지 않은 일들이 일어났고
뜰 앞의 은행나무가 우리를 지켜주었고
오래된 아파트가 말없이 입없이 함께하였다

삶이란 무에서 유의 잉태였다

봄마다 피어나는 잎새는 자람 없이 자라고 있었고
집 앞의 장미도 한결같이 5월이면 피어 주었다

흙의 기운이 스며 나무가 자라고
공기의 흐름이 우리를 키우고
우린 자라고 있었고
마음은 여전히 세월을 지키고 있었다

집 안에 있으면 옛날이 되살아난다
아이가 웃는 소리
소리치며 엄마를 찾는 다급한 소리
학교 다녀온다고 인사하는 모습
돌 잔치한다고 야단법석을 치는 모습
부부싸움 하다가 손님 앞에서 아닌 척하는 어색함
책 보던 아이 없어졌다고 길 나선 모습
집 안 구석구석에 이야기가 실려 있다

우린 살아간다

사랑은

사랑은 이루어가는 과정이다
산골짜기 흐르는 물이 맑다가 흙탕물이다가
가다가다 바다에 이르듯

사계절이 순서대로 오지 않은 삶이 사랑이더라
다른 꽃 필 때 피지 못하고
늦가을 한 송이 장미가 푸른 하늘 향하더라

사랑은 겨울에 피는 매화와 같더라
춥다 춥다 외칠 때 겨울 눈 속에서 피어나는
사랑은 춥고 어두움에서 탄생되더라

인생의 무대에서 사랑이라는 이름 달고
너 안에서 나를 찾아내고
내 안에서 너를 살아나게 하는 겨울 속 나무와 흙의 뭉침
이더라

한 송이 꽃으로 피어도 나라는 이름
내 것이 아니고 나뭇가지 속에서 푸른 싹 탄생을
축복으로 맞이하는 사랑은 나눔이더라
햇살이 내 것만이 아니듯
내 사랑 안에 햇살도 구름도 바람이 함께 하는 세상

사랑은 아픔 속에 탄생하는 아가의 울음이더라
그 아기 혼자 살아가지 못하듯
사랑은 비 오면 나뭇가지 적시듯 자라고 자라지만
보이지 않는 힘이 사랑 안에
슬픔으로 축복으로 함께하더라

오늘 밤에 달빛 가득한데 배꽃이 활짝 피었다

히아신스 향기

삶의 의미가 주어질 때
그건
다가옴이며
느낌이고
바라봄이다

거실로 찾아온 색색의 히아신스는
신부의 설렘을 닮았다
이 꽃은 신부의 바람을 간직해주려고
내가 마음으로 안아야겠다

삶 속에서
살아가노라면
살아지려면
눈 둘 곳이 꽃이고 하늘이고 바위일 때가 있다

사람은 자기의 향기가 있다
꽃을 보며 기도한다
행복하게 살아라
건강하게 살아라
처음처럼 마지막도 처음이 되거라

향기

마알간 하늘이 있다
소소한 바람에 행복을 맡긴다
장미가 피어나고
석류가 속살을 드러내고
풀이든
나무이든
있는 곳이 기도이고 오롯이 그 모습이다

뽐내지 않고
잘난 척 없이
거센 바람과 비구름 속에 피고 지고 피고 지고

뒤뚱거리는 아가의 손짓에 하얀 이빨이 드러난다

應無所住
行於布施

그대를 만난다
[회자정리거자필반]

會者定離去者必返

그대를 만난다
[회자정리거자필반] 會者定離去者必返

그대를 만난다

스쳐 지나가는 길에도

신선한 바람 한 줄기에도 그대가 있다

눈을 감을 때도

잠 속에서도 그대가 있다

우리 헤어질 때

서로에게 줄 수 있는 게 없었다

그렇게 헤어지고

다시 만나지 못해도

그대는 풀숲에도

흐르는 강물에도 있다

달

한강에서 만난 둥근 달을
남경南京 현무호에서 만났다

하늘을 보면 달이 있고
몇십 년을 만나고

그는 머물고
나는 호수에서 마음을 풀고
숙소 문을 여니
먼저 와 나를 맞았다

그리움의 씨

꽃대를 타고
누구도 흉내를 내지 못하게
보라로 분홍으로 피어 있는 꽃

바라보다
다음 날도 바라보다 보니
꽃잎은 시들고
가슴엔 향기와 꽃잎만 자리하고 있었다
있지도 않은 꽃에
구름도 다녀가고
바람도 묻어가고
세월 속에 묻힌 꽃은 그 자리에 있었다

내 사랑이 그러했다
삶이 그러했다
그것이 나를 안고 있었다

날이 어두워도

비가 내려도

세월 흘러도

그 자리에서 나와 함께 자라고 있는 그리움의 씨

눈이 내리네

이른 아침 눈을 뜨니 눈이 내리고 있네
소나무 가지는 무겁게 눈을 이고 있고
지붕 위에도 도로 위에도 온통 눈이 내리네
어디서 오는 손님일까

우리 다섯 식구가 스위스 알프스 산을 향하던 그믐밤
그때도 눈은 소복이 쌓여
좁은 도로에 버스는 우리를 싣고
산으로 산꼭대기로 들어가고 있었다
산속의 눈 내리는 마을을 한참이나 지나고
캐롤을 보여주듯 마을엔 작은 불빛이
사랑스레 한 해를 장식하던 밤
그 밤의 모습은 엽서에서나 만나던 작은 집의 따스함이었다
이제 한 사람은 소리 없이 떠나고
남은 가족 넷이서 다섯의 삶을 만들어가네

눈이 내리네
알지 못하는 근원 속에서 깨어나는 새처럼
알지 못하는 근원 속에서 태어나는 사람처럼
눈이 내리네

정적을 만들고
도시는 잠이 들고
조용히 새해를 장식하는 눈이 내리네
한강의 언 강 위에서
비둘기 떼 물속의 고기를 찾아
부리를 물속으로 담그고 있겠네
비둘기는 비둘기라 계절을 뛰어넘지만
사람은
눈을 보며 눈을 가슴에 쌓아가네

어쩌나

어쩌나

님이 떠나가셨네 떠나버렸어
아이 셋 두고 떠나갔어
바람도 아니거늘
구름도 아니거늘

사랑은 무엇이며
언약은 어찌하고
떠난 자와 남은 자의 선 긋기로 하늘만 쳐다보고

17년의 시간 속에
아이들은 어른이 되었고
영혼은 그 시간을 맴돈다
마흔네 살이던 나는 떠남에 대하여
준비 없던 이별의 공간에 헛헛하게 쌓아보는 나의 일기장

슬픔

슬픔이 슬픔에게 말했다
슬프냐고
그냥 눈물이 난다고 말했다
몇 년이 지난 뒤 아직도 슬프냐고 물었다
하늘에 구름이 낀 것 같다고 말했다
또
몇 년이 지났다
아직도 슬프냐고 물었다
구름이 걷힌 것 같다고 했다

2014년 남편 기일 14주기를 맞아

보고 싶은 사람

지천명 앞에 서니 내가 보이네
바람이 살갗 스치니
이 바람의 근원은 무엇인가
강 건너 바다 건너
훠어이 훠어이 달려온 바람인가
꽃잎 속에 숨었다가 햇살에 떠밀려온
살 고운 바람인가
숨을 쉴 수 있고
숨을 쉴 수 없는 지각을 바람은 알 듯도 한데
무심한 사람

살다 보면

살아보니 좋았던 것들 때문에 힘이 들 때가 있고
힘든 일들이 빛으로 올 때가 있다
서재 테이블이 너무 커서 버리려 했는데
이제는 나의 좋은 작업장이 되었다

겨울이 춥다고 호들갑이더니 새싹이 움트는 것에는
나의 탄생처럼 박수를 보낸다
소나기 내린다고 난리 치더니
맑은 하늘 흰 구름에는 마음 실어 나른다

남편 잃고
울부짖던 내가
지금은 남편 책상에 앉아 함께
글씨 쓰고 그림 그리며 마음 나눈다

파란 하늘 흰 구름

아이들 아빠를 저 세상으로 보내고
흐르는 눈물로 보이는 곳이 하늘이었습니다
누구에게 다 말하지 못하고
누구에게 말 못 하는 설움 같은 게 눈물이었습니다
한참을 오래도록 바라보았던 그곳은
파란 하늘의 뭉게구름이었습니다

좋은 일이 있을 때는 잠시
어렵고 용기가 필요할 때 자주 하늘을 쳐다보게 됩니다
많은 일이 있었고
그럴 때 많이도 쳐다보는 하늘이었습니다
내가 수없이 바라보는 그곳

이제는 나의 애환과 그리움을 담아
구름은 말없이 나를 싣고 떠나갑니다
가다가 어디메쯤 나를 내려놓으면 일상의 내가 됩니다

다시 하늘을 바라보면 구름이 다가옵니다

세상일 얹어 놓은 채

함께 놀아주는 구름이 좋아집니다

하늘과 구름은 멀리 있어도

언제나 가까운 벗이 되어줍니다

눈 들면 보이는 하늘에게

눈물과 걱정보다는

아름다운 이야기와 꿈의 마음을 전하고 싶습니다

그래야만 파란 하늘 흰 구름에 진 빚을 갚아질 것 같습니다

한강

남편 보낸 후
힘들 때마다 한강을 건넌다고 생각했다
내가 좋아하는 한강을 어려운 내 삶의 무게에 비길까 하지만
강은 내 정신의 의미이기도 하다
강을 바라보는 것과 건너는 차이는
인생을 그냥 넘기는 것과
잘 살기 위한 행위의 차이이기도 하다
현실이 힘들 땐 꿈을 마신다

꿈이 없으면 무너지니까
꿈을 붙들고 강을 건너고 있는 거다
그래서 어른의 꿈과 아이의 꿈은 다르기도 하고
같기도 하다
아이들 대학 보내니 한강을 60% 헤엄치는 중이었다
큰딸을 시집보내니 65%
둘째가 취업하니 70%

아들이 졸업을 앞두니 아직도 80%가 안 되었다
앞으로는 1% 오르기가 힘들 수도 있다

나이도 들고
내 삶과 자녀의 삶의 분리선이 있기 때문이다
한강을 강물로 바라만 보는 것도 한없는 아름다움이다
서울에서 그 강물을 보며 늘 숨 쉴 수 있었고
즐거우나 힘들 때나 찾아가 바라볼 수 있는 버팀목이다
그냥 보기만 해도 다시 일어설 수 있다

사람

사람은 무엇으로 사람인가
홀연히 왔다가
떠나가는 삶
육신의 있고 없음에 울고 웃고 하는 삶

오늘 생각하고 느끼고 깨달아 가는 연속에
그 길이 있고 그게 전부인 걸
저기 저곳에 바람이 지나가고
저기 저곳에 구름이 흘러가고
우리라는 이름으로 보듬어 가족이 생기고
사람의 이름 앞에서 무던히 길을 만들지만
생명과 육신은 홀연하다는 말밖에 다름이 없다

식구

함께 밥을 먹는 식구가 있을 때
젓가락에 묻은 음식이 섞여지고
몇십 년을 함께하는 동안 조금씩 닮아진다
어느 날 우두커니 홀로 식당에 앉아
남의 가족을 바라보니
옛 모습의 내가 있었다

아이들이 어렸지
셋째는 밥을 잘 먹지 않고 혼자서 책 속에 있었지
아이들이 소갈비를 좋아하다
식구가 느니 돼지갈빗집으로 단골집을 바꾸었다
이거 먹어라 저거 먹어라는 소리도
아이들에게는 잔소리가 되었지

식구가 되어
밥을 먹고

세월이 흐르고
내 식구는 이제 가지를 뻗어 간다

주섬주섬

세월이 지나고

돌다리도
나무다리도
출렁거리는 다리도
아스팔트도
모두 다녀본 길이었습니다

그러는 사이 내 머리는 희끗해지고
지난 세월에 내려놓을 것들을
바라보았습니다

아직도 보이는 것
앞과 옆과 뒤에는
나를 둘러싼 이름입니다

미나

유나

동범

주섬주섬

부모父母

우리는 어이하여

우리는 어이하여
부모로 형제로 만나졌나

바람이 온다
바람 소리 들린 듯도 하다
그 바람 한곳에 모여 형제 되었나
오는 바람 가는 바람
어떤 바람인가

바람에게 물어본다
나에게 물어본다

제비가 입 벌리고

아버지에겐 일곱 자식이 있다

누가 먼저 등록금을 가져갔는지
누가 배고프다 하는지 알 수가 없다
일곱 자식은 대학을 마쳤다

새벽이면 들판을 향하고
아버지 손에는 막걸리 한 병 소금 한 줌이 있었다

치과에 가신다고
서울 오시며 배추 한 포기와 알밤을 가져오셨다

구순이 된 아버지는 혼자 계신다

물살

어릴 적 비 오는 날이면
아버지 목에 업혀
물을 건너서 학교를 다녔다
자라면서 동생이 아버지 목에 있었다
비가 많이 내려 학교를 못 갈 적에는
물살에 떠내려가는 살림 도구나
돼지들의 놀란 모습을 보았다

세상 살면서 물살은 나를 넘어지게도
거기서 일어서게도 하였다
도레미파처럼
물살은 내 삶을 리듬으로 만들고
나는 넘어지고 일어서고를 반복하면서
주어진 삶의 좌절하는 소리는 나를 울게 만들었다

내 삶의 좌절은 캄캄한 지하에 나를 가두었고

아이들은 비쩍 마른 나를 일어서게 했다
그 일은 내 삶을 더 영글게 하고 내가 살아가는 이유가 되
어주었다
아무렇게나 구겨진 보따리에서
살아가야 하는 몇 가지 이유를 주워 밖으로 나왔다
넘어지는 소리라기보다 내가 살아야 하는 이유가 나를 일
어서게 하였다

일어서면서 나를 알아가는 깨달음은
다음 시간을 약속하게 되었다
여름 장마의 물살에
떠내려가는 살림 도구와 동물의 소리는
내 삶을 돌아보고 이웃을 만들어주었다
삶은 하루의 보석을
느끼게 하는 콩나물의 자람이 있음을
나이 들며 알게 해준다

아버지의 꽉 쥐어진 손길이 나를 이끌었듯이
세상 누구의 손길이 되기를
새해 아침에 태양을 맞이한다

아버지의 일상

아버지는 평생 농사를 지으셨다
농사지은 것으로
일곱 형제 모두 대학을 나왔다
외양간에는 큰 소가 있고
집에는 소똥 냄새가 나는가 하면 송아지도 자주 태어났다
가족이 많으니 개는 우리가 먹고 남은 밥으로 집을 지켰다

아버지가 연세가 들고
어머니가 세상을 뜬 후 외양간은 빈 채였다

소가 없어지고 염소를 기르시더니
장 닭이 몇 년째 아버지 곁을 지킨다
그 닭이 얼마나 센지 큰 동생도 허벅지가 물렸고
작은 동생도 다리를 물렸다
시골 밭에서 소변보는 사이 달려들어 허벅지를 쪼아 댔다
그 닭은 발길에 차여 떨어지다 가도 누구만 와도 달려든다

아무도 없는 시골집에 개와 닭이

여든여섯의 아버지를 지킨다

햇살 아래

개는 앉은 채 아버지를 쳐다보고

장 닭은 구구거리고

아버지는 그 옆에서 쪽파를 다듬는다

엄마의 이면

엄마를 생각하면 울컥해진다
내가 엄마가 되어 보았기 때문이다

내가 없는 삶 안에 내가 있었고
다 지난 시간 속에
나를 찾아가는
헉헉스러운 울음 짓은 엄마 속에 있는 나이다

누렇게 바랜 시간을 보며
그래도 감사하고
그래도 고마워하는
마음 안에는 엄마라는 큰 그늘이 뉘어져 있다

엄마의 끈은 자궁 안 탯줄처럼
해진 뒤에도 이어지는 하늘의 동아줄이다

엄마는 안다
나도 엄마가 되고
나의 자녀도 엄마가 되고
손녀가 또 다른 엄마가 되어도
엄마의 자리는 빈자리 빈 둥지여도
가득한 햇살로 세상의 빛으로 이어지는
엄마라는 이름의 또 다른 나이다

5시 47분

내가 달릴 때 북두칠성은 빛나고
숨 막히게 새벽공기를 가르며 앞집 사립문을 열어 제쳤다
할매 몇 시예요?
엄마가 아들을 낳았어요
5시 47분

고추 달린 아들이라고 온 집안의 함성이었다
잊어지지 않는 정월대보름
동생은 위로 누나가 여섯이니
여름에도 바람들까 포대기를 덮고 업고 살았다
순한 동생은 어른이 되고 아기 아빠가 되더니 오십 중반이
되었다

동생이 아장걸음을 걸을 때
넘어지지 않게 돌멩이를 주웠다
군에 갈 때 뒤따라가 길을 잃어 병원 신세 지던 엄마

엄마의 봄날은 동생이었다
세상 떠난 엄마는 별로 반짝이고
시골집 산 아래 엄마 산소는
우리도 오가고
바람도 다녀가고
달빛은 세월없이 엄마를 지키고

엄마 이야기를 저 달은 알고 있지
동생은 달빛 안고
엄마 가득 품는 보름달이겠네

오후 나절에
태양을 만났다

눈이 부셔
눈이 부셔서
한참을 바라보다
태양을
그려보기로했다

2022. 1. 30
김 은자

해와 달 비바람

그리움과 달

만난 적 없어도
어느 날 보면 반가운 친구
한참 잊고 지내다 문득 쳐다보면 반가워 눈감아지는 친구
이야기하고 싶어
숨이 차오르고
언어의 보따리가 모자라
가슴까지 내보여도 슬쩍 웃고 마는

가슴에 담긴 그리움 조각조각이
둥근 달 되어 하늘가 호수처럼 있다가
어느 날 소나무 친구로 남다가
어느 날 꽃피는 향기에 놀기도 하고
다 못한 얘기 풀어놓고 눈물방울이 바람이 되어
별빛과 내려와 두런두런 삶을 엮는 친구

둥근 대로

눈썹 같아도 평생 종종걸음 하는

나에겐 친구로 남아주는 달 이야기

고추

동생이 마른 고추를 사 다듬었다며 사진을 보내왔다
투명하게 잘 익은 윤기 있는 고추였다

하늘의 햇살에 익었고
바람에 흔들렸고
빗속에서 몸부림치는 날에도
옹기종기 가족을 일구어
부대끼며 여물어 온 고추를 생각하니
매운 인생살이 같았다

한번은 어려움이 있는 삶!
살면서 넘어지면 고추나무 일으켜 세우듯
누군가의 도움으로 질끈 눈물 감추든 시간 속
나만 살아온 삶이 아니듯
나만 살아온 어려움이 아니듯
살아온 시간은 고추 익듯이 살아온 삶

새하얀 흰 작은 꽃 속에 매운맛이 있다니!
햇살의 그릇 안에
바람의 보챔과 비의 인내와
고춧잎의 도닥거림 속 잰걸음이었네

나 고추로 더운 여름 지내왔다고
나 고추로 쭉쭉 열매 맺었다고 윤기 내고 있네
난 언제 네 모습의 당당함처럼
스스로에게 말할 수 있을까

이유

눈 오는 날은
눈이 오는 이유가 있다

바람 부는 날은
바람이 부는 이유가 있다
비 오는 날은
비가 오는 이유가 있다

새싹 돋는 봄은
봄이 오는 이유가 있다

내가 이렇게 살아감은
이렇게 사는 이유가 있다

사랑이라는 이름으로
결혼하여

애기 낳고 살아가는 것도
그렇게 사는 이유가 있다

이유 없이 부는 바람을 내가 모를 뿐이다

바람이 분다

살다보니
바람이 분다
오늘
그치려다 했는데
바람이 분다

내탓이러니
내탓이려니
그래도
부는 바람속에
바람이 나이고
내가 바람이 된다

청솔 깡촌자

겨울햇살

어릴 적 겨울은 춥다

하얀 칼라의 세라복에 강변을 걸어

6년의 여학교를 다녔다

차가운 쇠 가방 손잡이를 들고 다녔다

내복도 변변찮은 그 시절

검정 스타킹 두 켤레로 겨울을 이겨내는 추억에

나는 지금도 겨울이 춥다

겨울이 무섭고

도망가고 싶어

어쩔 수 없이 혼자서 서성댄다

어느 날 햇살이 눈부시게 빛나면 그 햇살이

이불이 되고

친구가 되고

웃음이 된다

구름

보이는 색이
마음으로 그려지는
하늘이 준 선물인가 봐

바람이 가버려도
바다처럼 넓어
푸른 하늘과 맞닿은 구름은 만들어지고

솜이불 깐 비행기 안에 꿈이 스케치되는 그리움의 순간
물감보다 고운 빛
구름 한 조각은 붓이 되어 나를 스케치한다

햇살 좋은 날 하늘 높이 두둥실
마구마구 그려지는 눈 감고도 보여지는 소실점
구름의 나라
나의 나라도 구름 같을까

산등성이 넓은 밭

펼쳐지는 바다

아이스크림으로 집을 짓고

모였다 흩어지는 공空은 공空으로 담을 수 없어

쌓이고 흘러가고 흩어지고 모여지는 구름

풍상

야자나무 잎사귀가 나 같구나

바람이 할퀴다 갔나
세월의 흔적인가
꺾이고 부러진 게 나를 잡고 있구나

새 한 마리 날아와
그네 타다 노래 부르고
부리로 모이를 쫓고
새잎 나오면
새끼 데리고 놀러 와

지난밤에 바람이 다녀가더라
창문 두드리며 서럽게 울더라
아침에 일어나니 아무 일 없는 듯
햇살 속에 펄럭이는 민낯의 야자 잎

삶이 바람 불고 비 오는 일상이어도
대지의 햇살은 축복이잖아
시간이 지나 풍상 속에서 곱게 자랄 우리의 새순들
멀리 보이는 수평선에 그려보자

소나무

안방 앞에 가지가 부러진 소나무가 있었다
솔잎도 몇 가닥 매달렸지만 반생반사였다
그래도 새벽이면
새들이 노래도 부르고 날개를 푸덕였다

십수 년이 지나고
모나고 흉한 가지는 새 가지를 쳐서
푸른 솔이 사방 뻗치고 있었다
풍상을 이긴 가지는 휘어진 웅장함으로 안방을 지켜주었다
푸른 솔이 바람에 살랑이고 있었다

지금
소나무를 소나무라 일컫는 나도
나이 들고 있었다
바람 속에 휘어지고 꺾어진 아픔의 성장이
소나무의 푸름이었다

후두둑 후두둑

기쁨이 기쁨으로 끝나면 얼마나 좋을까
기쁨이 행복으로 이어지면 얼마나 좋을까
꽃잎이 부드러운데
꽃잎이 막 벌어지는데 소나기가 온다

후두둑 후두둑
어느 날 내 사랑도 그러했다
사랑한다고
평생 사랑할 것이라고 믿었다

후두둑 후두둑
소나기로 내렸다
멀리서 내리는 소나기를

지금도 바라본다

뜨락을 거니니
달이 사람을 맑아오네

인생人生, 시간時間

봄 마중

첫 아이를 낳아 돌잔치를 치를 때
그때는 풋내기 새댁의 어른이었습니다
그해 봄에도 목련 꽃망울을 보고 또 보고
아기의 눈망울도 보고 또 보고

25년 시간이 흐르고
봄은 또 내게 찾아옵니다
찬비 속에서
눈바람의 혹한 속에서
햇살 속에서
한발 두발 다가오는 그 소리
봄 소리

오늘은 들녘 마루 나뭇가지 속에서
돌계단의 화단 앞에서
봄 마중을 해봅니다

침묵이 좋은 건 오래된 친구의 언어이기 때문입니다
침묵이 좋은 건 나의 말보다 더 귀한 언어가 되기 때문입니다
봄은 그렇게 느낌으로 마음으로 눈으로 다가와
며칠을 아프게 하다가
가슴을 채워줍니다

사람이 살아가는 이유를 많이도 보여줍니다
변함없음을 한결같음을 보여줍니다
나도 봄이고 싶은데…

고운 색깔들로 예쁜 모양들로 향기로
사람이 살아가야 하는 이유를 많이도 가르쳐줍니다
나의 몫을 하려면 비우고 또 비워보라고 가르쳐줍니다
나도 봄이고 싶은데…

몇십 년을 살아오면서 느끼고 배워보는 자연의 소리
생명의 귀함을 배워보는 자연의 소리
나도 봄이고 싶은데…

시간 속에서

못 따라가고
안 따라가고

놓친 세월의 숲 뒤
그리지 못한 삶이 더 많다

종종걸음으로 남은 시간을 보며
하늘을
땅을 본다

몇 번의 겨울이 지나면 나의 봄이 될까
철들지 못하고 헐떡이는 내 안에서
그러지 말자고
그러면 안 된다고
귓전을 전해오는 음성

시간과 함께하고 싶다
나란히 하고 싶다
시간 속에 서 있는 나
나의 삶이 없어질 것이지만
아픔도
고독도
슬픔도
행복이 되어주는 시간의 깨달음

시간 속에서 나이고 싶다

가을을 만나며

가을 앞에서 늦은 여름비가 내리고 있습니다
무더운 여름이었지만
한입 베어 먹는
사과 향에서 가을은 만져집니다

계절의 길목에서
나는 어디쯤 가고 있는 것인가
이 길은 진정 나의 길인가
나의 빛으로 잘 빚어지고 있는 것인가

무더운 여름 속에서
천둥소리는 요란했고
억센 가지를 휘어 꺾는 바람도 있었지만
꽃들은 씨를 만들고
과일나무는 향기를 담은 열매를 만드는
바쁜 시간이었습니다

정말 바빴겠지요

천둥과 바람은
그저 지나가는 나그네였습니다

아주 작은 시간이 모여
아주 작은 좋은 생각이 모여
만들어진 결과는 크기만 합니다

우리는 그의 이름을 가을이라 부르며
많이 탐내고 부러워합니다
인생의 길에서 계절이 바뀔 때
우리는 대자연의 큰 모습에
눈을 들어 하늘을 만납니다

가을이 다가옵니다
가을이 다가옵니다

그리움이 이슬 되어

너
그곳에 가고 싶어?

구만의 언덕 그리운 교정에…

뭉게구름 놀다가 흩어지고
코스모스가 하늘거리는
우리들 꿈이 숨바꼭질로 답을 하던 그곳
갈래머리 땋고 세라 교복에
재잘거리던 우리들 이야기가
한천 강에 맑게 떠내려가던 그곳

그 물빛 아직 우리들 알아볼까?
한천 강 냇물이 나이 없듯이
아직 우리들 맘도 나이 없는데…
눈 감아보면

가슴 한곳 그리움의 보자기가
우리를 덮어주고 바라보고 있는데
눈 감아보면
아직 그 소녀들은 갈래머리 땋고
재잘거리는 친구와 놀고 있는데…

그 시간들이 가슴에 살아
우리의 걸음걸음에 꽃비로 자라가고 있음을
전하지 않아도 알아버렸어
풀잎이 이슬과 사랑을 나누듯
그리움이 이슬 되어 우린 아직 자라고 있어

길 따라

길 따라

마음 따라

사뿐 세상에 앉았다

이곳을 저곳을

나를 데리고 다녔다

풀잎이 뾰족 싹을 틔울 적

그곳에 있었다

꽃망울 울타리에 피어오를 적

천둥과 번개 소리 들었다

바람 불면 바람 따라

길을 나섰다

어디에도 정 주지 못하고

이곳저곳

헤매다 보니

낡은 신발 한 켤레

내 앞에 있다

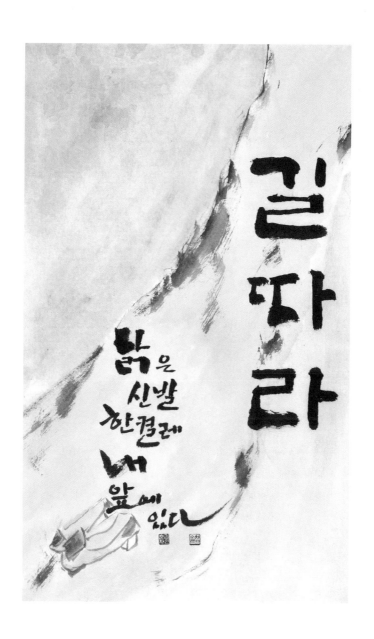

길
따
라

닭은
신발
한켤레
내
앞에
있다

마음이 가는 길

도행지이성 道行之以成
-장자莊子

가지 않은 길
가보지 않은 길

길을 가며 길을 묻다
이 길인가
저 길인가
마음이 정하는 길에
나의 이끌림에 바라보는 길이다
나무 위 고양이 나를 바라본다
어디로 가나
더듬고
더듬고
그 길이 나의 길이다

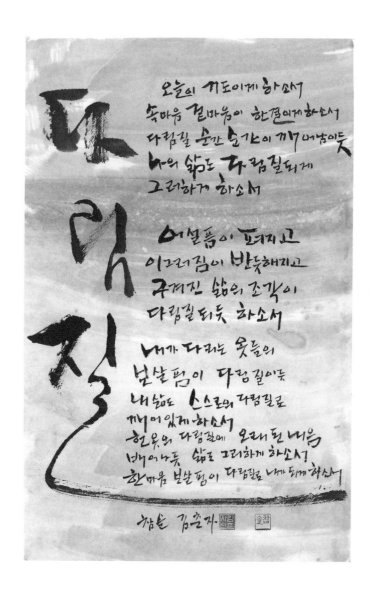

작은 길

밤사이 솥뚜껑 위에서 말린 운동화를 신고
학교를 다녔다
길옆 이슬에 젖은 풀잎은 내 운동화를 망쳐 놓았다
잠자든 메뚜기가 화들짝 놀라 달아나는 유년의 길이었다
이 길
저 길
어딜 가나 내 하얀 운동화를 지켜줄 수 없는 작은 길이었다

세월이 지나도
내가 다닌 길에
팔뚝에 송송 소름이 돋은 채로
하얀 교복의 여자아이는
그 길을 가고 있었다

봄에 오는 편지

세상 먼지 안에 코로나 대신
목련이 다녀갔다
환하게 등불처럼 있다가
밤기운도 마다하지 않고 다녀갔다

개나리도 벚꽃도 만발한 언덕에
사람들은 잔뜩 마스크를 끼고 다닌다
제비꽃에도 찾아온 봄은
주머니에도 소매 끝까지 부드러움이다

일곱 살 채연이가 벚꽃 한 잎 따와서 만져보라 청을 한다
손끝에 만져질 듯 말 듯 한 그 촉감에
말은 이어지지 않고…
나는 왜 이 자리에 있는가
세상과 어떤 호흡을 하며 어떤 모습이어야 하나

마음

하늘처럼
높은 마음을 안다
땅처럼
넓은 마음도 안다

소처럼
울부짖는다
바람처럼
휘몰아친다

네가 아프면

네가 추우면 나도 춥다
네가 아프면 나도 아프다
꽁꽁 언 언덕에서 칼바람이 불고
함께해도 추운 날
어쩔 수 없어 하늘만 쳐다본다
함께해도 추운 날
어쩔 수 없어 구름 위에 앉아본다

멀리 떨어져 있는 너를 바라볼 수 없어
길가면서 모르는 이들 속에서 너를 만나고
꽃피면 꽃망울에서 너를 찾아보고
네가 엄마 안에 있음을
네 안에 엄마가 있음을 전해본다

수놓으며 가는 길

어릴 적 가정 시간에
수를 놓았습니다

하얀 천에
내가 넣고 싶은 꽃으로 수를 놓았습니다
빨강 꽃을
노랑 꽃을 수놓았습니다
그때는 그것이 나의 삶이었습니다

어른이 되고
엄마가 되고
바람 부는 언덕에서
수놓는 삶은
꽃처럼 예쁘지도
고운 빛깔도 아니었습니다

지금의 삶을

바람 속에서

빨강 꽃을 노랑 꽃을 수놓아봅니다

구름이 흘러갑니다

목마름

지나간 시간은 지나갔어
그래서 목마름이야
모르는 것에
어설픔에
주저하는 마음은
아주 작아진 마음이 되었어

누구나 살아가는
길에서
내게 보여진 작은 풍경이 그것이 세상인 줄 알고
거기서 계산을 했어

내 안에 큰 세상이 있다는 걸
내가 작고 쪼그라진 뒤에 알았어

그래도
높은 하늘이 좋다
푸른 바다가 있다
맘껏 걸을 수 있는 땅이 있다

목마름으로 살아온 시간들에
왠지 모를 미안함이 가득하다

나를 본다
나를 키워본다
나를 달래준다

날개

몇 년간 날아다니는 꿈을 많이 꾸었다
날개도 없이
지붕에서도
언덕에서도
생각을 하면 날 수 있었다

내가 가고 싶은 곳은
아주 높은 곳도 아니고
먼 곳도 아니었다

내가 필요한 것이
몇십만 원
몇백만 원이듯이

계절 바뀌면 머플러 하나
코트 하나 사고 싶듯이

내가 팔을 뻗어 날아다니는 것도 그 정도였다

꿈에서 깨어나면
혼자서 웃었다

또
날아다녔구나
지붕 위로
나무 위로
신기하게 날아다니는 꿈은

나를 태우고
나의 친구가 되었다

나의 고충을 꿈은 알고 있었다
꿈은 꿈이 아니라
나를 돌보고 있었다

마음은

내가 온 길에 마음은 어디 있을까

나이도 없이
색깔도
소리도 없이
나와 더불어 살아온 마음

살아온 길에
색깔로 모양으로 삶은 만들어지고

바람아 너도 나이가 없지
나와 훨훨 어디든 다녀도
내가 첨 만난 바람 그대로
구름아 너도 나이가 없지
내가 힘들 때 많이도 태워주더니

평생을 친구로
밤도 없고
낮도 없이
함께 한 바람과 구름

마음은 바람인가
마음은 구름인가
보이지 않은 마음에 바람이 구름이 흘러간다

한 모금

목이 메여 딱 물 한 모금 마셔야 할 때
내 일을 딱 한 번 놔 버리고 싶을 때
인생은 순서 없이 오는 사계절이다

한 모금!
내 목이 타니 너를 이해해
얼마나 힘들면 가슴이 탈까
내 가슴이 타니 너를 알아가
가뭄에 논바닥 갈라지듯
살면서 느껴지는 마음의 여울들

모두가 목 축이고 남으면 내가 마시는 그 한 모금!
한 모금이 내 목으로 넘어갈 때 이게 삶이라는 거지

내가 나를 모르고
내 자리의 물 한 모금

이 찰나
다시 일어서는 맨손
다시 일어서며
배워가는 인생의 길

한 번만 더

내 기억의 창고에서 '한 번만 더' 가 나를 찾아왔다
반갑기도 하고
추억의 보따리에 회한이 겹쳤다
생계를 책임져야 하니
한 번 더 일선에서 뛰어야 했다

아이들이 공부하는 학생이니
움직이는 가장의 모습이 필요했다
일이 도무지 안 될 때 '한 번만 더' 는 나를 울게도 하고
일어서게도 했다

60이 넘은 나이에 나는 한 번 더 외쳤다
그 소리는 나에게 던지는 약속의 소리였다
앞으로 삼십 년을 '한 번만 더' 로 나아가 보자
살아보니 세상에는 돈 버는 것보다 소중한 것이 많다

새로운 공부로 나를 바꾸는 변화가 되면

그게 나라면 난 죽을 때 진정 내가 되는 거다

새해에는 나를 많이 사랑하게 하소서

새해에는 늘 새로움이 가득하여
나를 많이 사랑하게 하소서
고마운 분들에게 나의 사랑이 더해져서
그들 삶을 더욱 귀히 여기게 하소서

이 세상에서 몸과 마음이 빛나
가족에게 이웃에게
이 세상 삶의 슬기로움을 나누게 하소서
모두가 하는 일들을 아끼고 사랑하여
그 삶이 건강이게 하소서

새해에는 작은 사랑도 실천하여
사람의 귀히 여김을 느끼게 하소서
하루하루 삶의 시간이 여물어져서
한 달 후 일 년 뒤에는
지금보다 더 많이 성숙해진 자기를 만나게 하소서

그것이 내일을 향한 준비이게 하소서

우리는 늘 자신을 만나지만
많이 모르고 많이 나태하고
그냥 그렇게 살아갑니다

내가 살아가는 길은
어제가 아닌 나의 새로운 시간이 되게
나를 많이 깨닫게 해 주소서
내가 누구인지 느끼게 해 주소서
내 안의 나를 찾아가는 길이
너무 힘들지 않음을 알고 있습니다
우리는 어느 날 문득 자신을 만나지만
그냥 그렇게 살아갑니다

나를 귀히 여기게 해 주소서
어제가 아닌 오늘의 나이게 하소서
내가 귀한 사람이 되게 자신과 하나이게 해 주소서

내가 바라보는

나의 삶이 지금은 부족하지만

나를 불태워 후회보다는 뜨거운 열정이게 하소서

일월의 찬란한 태양을 만나며

나에게 수고하고 헌신하고

시간의 소중함이 나를 이끌어

나를 사랑하는

그 힘이 꿈으로 익어 가게 하소서

꿈으로 맺어지게 하소서

새해에는 나를 사랑하게 하소서

그 힘이 내 사랑하는 가족과 이웃에게 전해져

모두 사랑이게 하시고

하나 되게 하소서

삶이 흔들릴 때
내 안의 네가 그리워
시를 삽니다

삶을 바라보며
첩 들길 줄자

삶이 흔들릴 때
내 안의 나를 잡아주는 내가 그리워
시를 씁니다

참솔 김춘자

초판 1쇄 발행 2022. 6. 10.

지은이 김춘자
펴낸이 김병호
펴낸곳 주식회사 바른북스

편집진행 김수현
디자인 양헌경

등록 2019년 4월 3일 제2019-000040호
주소 서울시 성동구 연무장5길 9-16, 301호 (성수동2가, 블루스톤타워)
대표전화 070-7857-9719 | **경영지원** 02-3409-9719 | **팩스** 070-7610-9820

•바른북스는 여러분의 다양한 아이디어와 원고 투고를 설레는 마음으로 기다리고 있습니다.

이메일 barunbooks21@naver.com | **원고투고** barunbooks21@naver.com
홈페이지 www.barunbooks.com | **공식 블로그** blog.naver.com/barunbooks7
공식 포스트 post.naver.com/barunbooks7 | **페이스북** facebook.com/barunbooks7